23 mars 1888

CATALOGUE

DE

BEAUX BIJOUX

ENRICHIS DE

Diamants, Perles et Pierres de couleur

OBJETS D'ART ET D'AMEUBLEMENT

Sculptures par Lanson et Pagani

Bronzes, Cuivres, Émaux, Porcelaines, Faïences
Étains, Armes, Vitraux

TAPISSERIES ANCIENNES

Meubles anciens et de style

Piano de Pleyel, Glaces, Tableaux

DONT LA VENTE AURA LIEU

HOTEL DROUOT, SALLE N° 1

Les Vendredi 23 et Samedi 24 Mars 1888

A 2 HEURES

Me ESCRIBE	**M. A. BLOCHE**
COMMISSAIRE-PRISEUR	EXPERT
6, rue de Hanovre, 6	23, rue Chauchat, 23

EXPOSITION PUBLIQUE

Le Jeudi 22 Mars 1888, de 2 heures à 6 heures

CONDITIONS DE LA VENTE

Elle sera faite au comptant.

Les adjudicataires payeront *cinq pour cent* en sus des enchères.

L'Exposition mettant le public à même de se rendre compte de l'état des objets, il ne sera admis aucune réclamation une fois l'adjudication prononcée.

Paris. — Imp. de l'Art, E. Ménard et Cie, 41, rue de la Victoire.

DÉSIGNATION DES OBJETS

BIJOUX

1 — Broche composée d'une grosse perle blanche entourée de quinze brillants.

2 — Paire de boutons d'oreilles en perles blanches entourées chacune de dix brillants.

3 — Bracelet en or composé d'un œil-de-chat entouré de trente-six brillants.

4 — Bracelet en or enrichi d'une perle noire entourée de quinze brillants.

5 — Bracelet en or enrichi de trois saphirs, deux brillants et de petites roses.

6 — Bracelet jonc avec perle pendeloque, forme poire, et un petit brillant.

7 — Deux boutons d'oreilles en or composés de deux perles blanches et deux brillants.

8 — Bague, gros brillant solitaire.

9 — Bague en or enrichie d'une perle noire entourée de dix brillants.

10 — Collier composé de sept rangs de petites perles, fermoir formé par une miniature : portrait d'homme.

11 — Épingle de cravate, perle poire.

12 — Épingle de cravate en or, rubis entouré de huit roses.

13 — Deux boutons d'oreilles à vis formés par deux perles blanches.

14 — Bracelet en or enrichi de vingt-trois émeraudes et de petites roses.

15 — Bracelet-serpent en or enrichi de trois turquoises et de roses.

16 — Broche-camée, deux perles et roses.

17 — Broche, forme flèche, formée par une grosse perle baroque et roses.

18 — Petite épée, trois perles et roses.

19 — Épingle de cravate formée par un singe tenant une perle noire.

20 — Épingle de cravate en or enrichie d'une perle noire.

21 — Bague ancienne formée par une topaze d'Orient.

22 — Bague en or enrichie d'une émeraude enrichie de dix-huit petits brillants.

23 — Bague formée par une perle rose entourée de petites roses.

24 — Bague, fleur de lis rubis et petits brillants.

25 — Bague formée par une perle enrichie de petites roses.

26 — Garniture de cinq boutons de chemise, perles noires.

27 — Bracelet en or avec médaillon en perles.

28 — Bracelet en or ciselé.

29 — Montre en or à remontoir et répétition.

30 — Montre anglaise en or.

31 — Broche en or, forme main, et pendant analogue.

32 — Deux boutons de chemise en or enrichis de saphirs.

33 — Quatre boutons en or dont deux de manchette et deux de chemise.

34 — Deux paires de boucles d'oreilles.

35 — Broche en or et émail.

36 — Bague en or émaillé avec rose.

37 — Bague en or enrichie d'une émeraude et de perles.

38 — Pince-nez en or.

39 — Collier en argent composé d'environ quatre-vingts pièces de monnaies russes.

40 — Paire de boutons de manchettes en nacre, agrafe de manteau et flacon à odeur.

41 — Cheval en argent.

42 — Bonbonnière artistique.

43 — Bonbonnière en argent.

44 — Collier en ambre.

45 — Collier artistique.

OBJETS D'ART ET D'AMEUBLEMENT

46 — Bureau de dame en laque de Chine.

47 — Prie-Dieu en bois sculpté. Style Louis XIII.

48 — Petite pendule en marbre et bronze. Époque Louis XVI.

49 — Applique à gaz à trois bougies en bronze doré.

50 — Deux appliques en bronze doré à cinq lumières. Style Louis XV.

51 — Diverses bandes d'étoffe orientale.

52 — Deux supports : nègres en bois sculpté.

53 — Belle lampe-applique à gaz en bronze.

54 — Tapisserie verdure avec bordures.

55 — Lustre en cristal.

56 — Deux appliques à trois lumières en bois doré et cuivre.

57 — Dessus de cheminée, bande en tapisserie et peluche.

58 — Décoration de deux croisées et portière en satin fond marron.

59 — Décoration d'une fenêtre composée de deux tapisseries verdures.

60 — Trois portières en tapisserie verdure.

61 — Deux panneaux en tapisserie verdure.

62 — Trois morceaux en tapisserie verdure.

63 — Cinq bandes en tapisserie verdure.

64 — Deux bandeaux en tapisserie verdure.

65 — Dessus de table en étoffe de fantaisie avec bande de tapisserie.

66 — Table carrée en bois sculpté.

67 — Six chaises en bois sculpté couvertes en tapisserie verdure.

68 — Deux escabeaux en chêne.

69 — Table en noyer supportée par cinq pieds.

70 — Douze assiettes en porcelaine de Saxe, fond blanc, décor à fleurs, oiseaux et branchages.

71 — Environ trente assiettes en porcelaine de

Chine, du Japon et en faïence de Delft, de Strasbourg et autres. (Sera divisé.)

72 — Plaque en faïence de Delft.

73 — Plat rond en faïence de Delft.

74 — Meuble-vitrine à trois tiroirs dans le bas, ornés d'appliques de cuivre; en bois de noyer. Style Louis XIII.

75 — Horloge renfermée dans sa cage en bois de noyer. Époque Louis XIV.

76 — Suspension de salle à manger à une lampe et neuf lumières, en porcelaine et bronze noirci et frotté.

77 — Douze plats en cuivre repoussé. Époque Louis XVI. (Sera divisé.)

78 — Grand plat en cuivre repoussé.

79 — Carpette genre oriental.

80 — Trois vitraux de couleur.

81 — Deux décorations de fenêtres composées de quatre portières en étoffe de Karamanie.

82 — Quatre portières en étoffe de Karamanie.

*

83 — Canapé couvert en étoffe analogue.

84 — Divan couvert en étoffe orientale.

85 — Deux fauteuils couverts en étoffe analogue.

86 — Pouf couvert en étoffe de Karamanie.

87 — Chaise fumeuse en bois de noyer, couverte en étoffe orientale, avec franges.

88 — Petite chaise en noyer sculpté, couverte en même étoffe.

89 — Table-bureau en bois d'acajou à filets de cuivre, couverte en reps vert. Style Louis XVI.

90 — Table à jeu ronde en acajou et filets de cuivre, couverte en drap vert.

91 — Piano droit en bois noir, filets or, de Pleyel.

92 — Tabouret de piano en bois noir couvert en satin marron.

93 — Grande glace biseautée, cadre en bois sculpté à jour. Style Louis XVI.

94 — Deux grands vases en ancien émail cloisonné de Chine, fond quadrillé à fleurs.

95 — Belle armoire en bois sculpté à deux portes ornées de masques; le dessus est formé d'un panneau en bois sculpté avec têtes d'anges. Époque Louis XIII.

96 — Vitrine en bois d'acajou, écoinçons têtes de satyres; dessus en marbre. Époque Louis XVI.

97 — Bureau-cylindre en ancienne marqueterie hollandaise à deux tiroirs.

98 — Deux supports en laque de Chine.

99 — Statuette d'Orphée en métal de composition.

100 — Deux potiches en porcelaine de Chine, décor bleu et blanc.

101 — Quatre coussins en soierie, velours et étoffe orientale. (Sera divisé.)

102 — Petite table à trois étagères en acajou et filets de cuivre.

103 — Monture de paravent à quatre feuilles en bois de noyer. Époque Louis XIII.

104 — Carpette genre oriental.

105 — Service à café en porcelaine de Saxe, composé de six tasses avec soucoupes et une cafetière.

106 — Groupe en terre cuite : Nymphe, satyre et amour, d'après Clodion.

107 — Glace ovale biseautée, cadre doré.

108 — Paire de lampes en bronze.

109 — Casier à musique en bois noir.

110 — Divinité en faïence japonaise.

111 — Groupe en faïence japonaise.

112 — Bouteille en ancienne faïence, avec inscription et date 1756.

113 — Deux vases en faïence à fleurs.

114 — Deux cache-pots en faïence, décor bambou.

115 — Petite lanterne d'antichambre.

116 — Encrier en porcelaine de Saxe.

117 — Petite aiguière en faïence de Marseille.

118 — Siège en soie bleue, avec broderie ancienne.

119 — Coussin en étoffe ancienne.

120 — Jardinière en ancienne faïence de Delft

121 — Jardinière en ancienne faïence de Rouen.

122 — Paon en bronze doré.

123 — Bronze représentant une tête de faune.

124 — Deux coupes en bronze doré, d'après Benvenuto Cellini.

125 — Deux flambeaux en bronze ancien, sur socles en marbre.

126 — Deux flambeaux en cuivre et pèse-lettre en cuivre.

127 — Petite pendule en bronze.

128 — Médaillon en bronze représentant Charles Fourier.

129 — Boîte à bijoux en ébène, avec incrustations en ivoire.

130 — Terre cuite. Saint Jean enfant, de Urban Verocchio.

131 — Plat en faïence italienne d'Urbino.

132 — Plaque ancienne en faïence de Castelli.

133 — Assiette en porcelaine de Sèvres : Ninon de Lenclos.

134 — Assiette en porcelaine de Sèvres, décorée.

135 — Deux assiettes en porcelaine de Saxe.

136 — Environ vingt et une pièces en faïences diverses. (Sera divisé.)

137 — Émail représentant Charles VII, avec cadre en bois sculpté et doré.

138 — Émail représentant un laboureur, avec cadre en bois doré.

139 — Émail représentant Apollon et Daphné, avec cadre en bois doré.

140 — Émail représentant des joueurs; cadre doré.

141 — Émail représentant la Sainte Famille; encadré.

142 — **Corot** (Genre de). Paysage.

143 — Pendule, époque Empire, en bronze.

144 — Autre pendule en bronze, même époque.

145 — Paire de flambeaux Louis XV.

146 — Paire de flambeaux de l'Empire.

147 — Cabinet chinois.

148 — Tableau avec cadre, bois doré.

149 — Quatre médaillons en bronze dont deux encadrés.

150 — Quatre assiettes en faïence italienne.

151 — Six encriers en bronze.

152 — Porte-allumettes, sonnette et coupe à poudre en bronze.

153 — Cache-pot Empire et Christ en bronze.

154 — Deux petits bustes en bronze : Henri IV et Sully.

155 — Plat ancien en étain aux armes de France.

156 — Cartel en bronze doré. Époque Louis XVI.

157 — Émail ancien, encadré.

158 — Treize gravures, sujets divers, du XVIIe siècle.

159 — **Drivet.** Paysage.

160 — **Ecole française**. Paysage.

161 — **Ecole flamande**. Scène de chasse.

162 — **Bourguignon** (École de). Marine.

163 — **Ecole ancienne**. Gentilhomme de l'époque Louis XIV.

164 — **Ecole flamande**. Paysage.

165 — **Ecole française**. Portrait d'homme.

166 — **Bourguignon**. Dessin encadré.

167 — **Ecole moderne**. Tête de jeune homme. Pastel.

168 — Buste en marbre : Jeune Florentine, de *Lanson*.

169 — Statuette en marbre : Rebecca, de *Lanson*.

170 — Statuette en terre cuite : la Toilette, de *Lanson*.

171 — Statuette en terre cuite : Bacchante, de *Lanson*.

172 — Buste en terre cuite : le Tasse, de *Lanson*.

173 — Buste en marbre : Enfant aux fleurs.

174 — Buste d'enfant en marbre.

175 — Buste d'enfant en marbre.

176 — Buste de Marie-Antoinette en marbre.

177 — Buste de Jules César en marbre.

178 — Buste en marbre : Rieuse.

179 — Buste en marbre : Rieuse. Pendant du précédent.

180 — Statuette en marbre : Flora.

181 — Statuette en marbre : Madone.

182 — Buste en terre cuite : Amour captif.

183 — Groupe en marbre : la Bulle de savon, de *Pagani.*

184 — Deux épées anciennes.

185 — Deux petits bustes en terre cuite.

186 — Deux bas-reliefs en terre cuite, époque Louis XVI. Cadres en bois.

187 — Deux vases en faïence de Wedgwood.

188 — Buste en biscuit sur socle en porcelaine de Saxe. Époque Louis XVI.

189 — Petit meuble Louis XVI ; dessus en marbre brèche d'Alep.

190 — Table-console à galerie, pieds cannelés en cuivre ; dessus en marbre. Époque Louis XVI.

191 — Dessus de porte : Enfants sculpteurs en camaïeu.

192 — Table en bois sculpté Louis XVI.

193 — Console en bois doré, dessus en marbre blanc. Époque Louis XVI.

194 — Devant de table d'autel en bois sculpté Louis XV.

195 — Garniture de bergère en tapisserie, au petit point à fleurs. Époque Louis XVI.

196 — Dessus de canapé en tapisserie ancienne.

197 — Lot de quatorze pièces de tapisserie au petit point pour sièges avec dossiers.

198 — Bois de chaise. Époque Louis XIII.

199 — Gravure : l'Enlèvement des Sabines ; avant la lettre.

200 — Paire de cassolettes en étain. Époque Louis XVI.

201 — Petit tapis ancien d'Aubusson.

202 — Table-console à galerie, dessus en marbre gris. Époque Louis XVI.

203 — Chasuble ancienne.

204 — **Fontana**. Fleurs.

205 — **Ecole française**. Adoration.

206 — **Bourguignon** (Genre de). Bataille.

207 — **Albane** (Genre d'). Sujet de sainteté.

208 — Tableau sur cuivre : Descente de croix.

209 — **Chardin** (Attribué à). Portrait de femme. Dessin.

210 — Torchère en bois noir sculpté à filets or.

211 — Bois de lit formant deux lits jumeaux en bois sculpté. Style Louis XVI.

212 — Table-bureau en acajou, orné de bronzes ciselés et dorés. Style Louis XVI.

213 — Dessus de siège en cuir ancien, ornements dorés au petit fer.

214 — **Meyer (L.)**. Clair de lune.

215 — **Ziemizadski**. Esclave romain. Étude.

216 — **Ecole hollandaise**. L'Inondation.

217 — **Hobbéma** (Genre de). Vue de forêt.

218 — Gravure : l'Enlèvement de la belle Europe. Encadré.

219 — Quatre manipules anciens.

220 — Lot de galons anciens.

221 — Tapis de soie à double face, fond rouge et blanc, brodé d'argent. XVIIe siècle.

222 — Tapis en soie bleue, brochée à fleurs et animaux. XVIIIe siècle.

223 — Tapis oriental brodé d'or fin. XVIIIe siècle.

224 — Quatre lambrequins en velours bleu, à broderies sur satin.

225 — Groupe de trois enfants, en ancienne faïence de Strasbourg.

226 — Bénitier en émail : Saint Jean-Baptiste.

227 — Deux assiettes en porcelaine de Sèvres, pâte tendre, fond jaune à médaillons repré sentant des sujets de chasse en camaïeu rouge.

228 — Saucière et plateau en porcelaine de Sèvres, bordure bleue, décor en camaïeu violet.

229 — Deux vaches en faïence de Delft.

230 — Belle chope en porcelaine de Saxe, décor genre chinois.

231 — Figurine en ancienne faïence de Lunéville, représentant un tailleur de pierres.

232 — **Detaille** (**Ch.**). Le Mail-coach.

233 — **Detaille** (**Ch.**). Amazone.

234 — **Howland**. Jeunes Femmes portant des fleurs.

235 — **Boucher** (Attribué à). Jupiter et Léda.

236 — **Cairé** (**Michel**). Animaux.

237 — **Fragonard** (Attribué à). Portrait de dame assise, en riche costume décolleté, les cheveux poudrés. Cadre ancien en bois sculpté et doré.

238 — **Mignard** (Attribué à). Portrait de Mlle de Fontanges.

239 — **Fragonard** (École de). L'Ivresse de Silène. Composition importante.

TAPISSERIES

240 — Dessus de porte en tapisserie verdure, à figures et animaux.

241 — Dessus de porte en tapisserie verdure, décor oiseau aquatique et chien.

242 — Dessus de porte en tapisserie verdure : petits personnages jouant à colin-maillard. Époque Louis XV.

243 — Tapisserie verdure.

244 — Panneau en tapisserie verdure, à personnage. Époque Renaissance.

245 — Panneau en tapisserie verdure.

246 — Panneau en tapisserie verdure à sujet de chasse.

247 — Panneau en tapisserie verdure.

248 — Panneau en tapisserie verdure à oiseau; avec bordure.

249 — Panneau en tapisserie verdure à figure.

250 — Dessus de cheminée en tapisserie, dessin ornements. Époque Louis XVI.

251 — Bordure en tapisserie, dessin à fleurs et fruits. Époque Louis XIII.

252 — Bordure Renaissance.

253 — Écran en velours de Gênes, fond jaune. Époque Louis XVI.

254 — Salière en émail de Limoges, décor personnages. Style Henri II.

255 — Objets non catalogués.

www.ingramcontent.com/pod-product-compliance
Ingram Content Group UK Ltd.
Pitfield, Milton Keynes, MK11 3LW, UK
UKHW020409190726
13838UKWH00006B/2334